눈물이 흘러나오는 날
실컷 울어 버리고
무너지지 않았으면

눈물이 흘러나오는 날
실컷 울어 버리고
무너지지 않았으면

ⓒ starlit w, 2023

초판 1쇄 발행 2023년 7월 18일

지은이   starlit w
펴낸이   이기봉
편집   좋은땅 편집팀
펴낸곳   도서출판 좋은땅
주소   서울특별시 마포구 양화로12길 26 지월드빌딩 (서교동 395-7)
전화   02)374-8616~7
팩스   02)374-8614
이메일   gworldbook@naver.com
홈페이지   www.g-world.co.kr

ISBN   979-11-388-2108-7 (03810)

눈물이 흘러나오는 날
실컷 울어 버리고
무너지지 않았으면

애쓰지 마
애쓰지 않아도 괜찮아
너의 모습 하나하나가
소중하니까

starlit w 지음

프롤로그

바람에 흔들려 버린 꽃처럼
온전히 자신의 의지와 다르게
흔들리는 모습이 보인다.

그 모습을 보니
똑같이 흔들리고
있는 '나'

바람이 불지 않아도
내 모습은
하염없이 흔들리고 있구나.

그 모습에 흔들려 중심을 잡을 수 없는 순간이 많지만
조금이라도 그 감정을 글로 남기고 싶어서 한 글자
한 문장씩 쓴 글들이
글 한 편 되어 모이고
책 한 권이 되었습니다.

목차

7. 삶의 경험을 전하는 이야기

1.

하루라는 시간을 보내면서

하늘은 본 순간 눈에 들어오는 맑은 하늘의 모습

살며시 불어오는 바람

그 앞에 서 있는 '나'

오늘도

오늘 하루도
소중한 것
소중한 사람
소중한 무언가를 위해

오늘 하루도 힘 내 주신
모든 분께
감사한 마음으로
응원하겠습니다

비 오는 오늘

비 오는 오늘 생각나는 건

당연하다는 건 없는 것 같다는
생각이 든다

비가 와서 길에는 우산을
쓴 사람이
걸어가고 있다

반대쪽도,
내가 가는 방향에도

그래서 우산을 조금 들어야지
갈 수 있는데

그것조차 하지 않은
우산 위에 있는 빗방울에

맞아

눈에 비가 들어가 버렸다

고생 많았어요

오늘 아프고 힘든 일
많아서 힘들었죠?

고생 많았어요

누구나 힘들고 지치면
포기하고 싶은 순간이 올 텐데

그것을 이겨내고
버텨 내느라
정말 고생 많았어요

오늘 하루 어땠나요?

오늘 하루 어땠나요? 라는
질문을 해 주는 사람이 없어진
지금
이 시대에 살고 있는 우리들은
묵묵히 앞으로 걸어가고 있습니다

당신께 질문을 건네 봅니다

"오늘 하루 어땠나요?"

2.

아픔과 시련을 보내면서

살면서 느꼈던 아픔과 시련

새 신발을 처음 신었던 그 때
그 느낌처럼 우리 삶도 똑같아요

익숙지 않아서 힘들고 아프고
신경도 많이 쓰여요

– '성장'에서

성장

새 신발을 처음 신었던 그때
그 느낌처럼 우리 삶도 똑같아요
익숙지 않아서 힘들고 아프고
신경도 많이 쓰여요

익숙해지기에는 오랜 시간이
걸리겠지만

괜찮아요

그 시간 동안 성장해 나가는 거니까요

유리조각

찢긴 상처

깨져 버린 유리처럼
돌이킬 수 없다

조각조각 나 버린 유리는
이곳저곳 숨어 버렸고

숨어 있던
유리를 찾았을 때
유리에 베여 상처나 버렸다

깨져 버린 유리처럼
부서져 버린 내 마음…

우리들은

우리들은 시간에 쫓겨 살아가고 있다

오늘도 수많은 일에 푹 잠겨
헤어 나올 수 없다

끝없이 쫓아오는 부담감
끝없이 따라오는 책임감

이겨낼 수 있을까?

이겨내야 하는 무언가를 위해

거리에

거리에 있는 수많은 사람들

저곳에 있는 사람들은
어디로 향하는 걸까?

불이 꺼진 밤에도
이슬이 맺힌 새벽에도
햇살이 비추는 아침에도

여전히 거리에는 수많은
사람들이 거리를 걷고 있다

애써 발걸음을 돌리지만
여전히 난 같은 자리에
머물고 있다

죽음의 문턱

죽은 것보다 사는 게 더 힘든 세상

사는 게 힘들어 죽고 싶다는 생각뿐이다
죽으려고 맘 먹으면 순식간에 죽음의 문턱 앞

죽으려고 향하는 발걸음은 무섭기도 하지만
내일의 나는 없기에 차근차근 걸어간다

죽음의 문턱 앞
암흑 속 아무것도 보이지 않은 곳에서
조그맣게 빛나고 있는 눈물이 보인다

거짓되지 않은 눈물은 거짓말을 하지 않는다

그때는 너무 힘들어서
아무것도 생각하지 않았는데

내 마음속 진심은 힘들어도 더 살아야

한다는 것을 알게 해 준 고마운 눈물이었다

발자국

늦은 저녁 하늘을 바라보니
펑펑 내리는 눈이 보였다

잠시 길을 멈추고…

빛이 보이는 가로등
아래 눈 내리는 모습을 보았다

그곳에는 아무 발자국도 없는
새하얀 눈이 가득 쌓여 있었다

나는 아무 발자국도 없는 그곳을
한 발자국 나아가고 있었다

나의 길도
이렇게 나아갈 수 있으면 좋을 텐데

빠른 걸음은 아니지만

앞으로 나아갈 수 있는 것에

희망을 가져 보자

나의 삶

시간이 멈춘 것처럼
같은 곳에 있는 시곗바늘이 보인다

째깍째깍 소리를 내면서
나에게 낮과 밤을 보여 준다

지금 이 순간 작은 바위가
내 앞을 가려서 더는 앞으로 갈 수 없다

저 작은 바위를 넘어서 가야 할까?
아니면 부수고 앞을 향해 가야 할까?

저 작은 바위 앞에 쪼그려 앉아
아무런 생각도 하지 않고 그저 바라보기만 한다

살면서 꼭 커다란 바위가 아닐지라도
아주 작은 바위가 내 앞을 가로막으면 그 자리에

멈춰 버리는 것이

내가 지금까지 살아온 삶이다

그 삶 속에서 깨달은 것이 하나 더 있다면

자신을 무리하게 한다면

더 이상 앞으로 나아갈 수 없다는 것이다

그렇기에 자신을 무리하게 하지 않았으면 좋겠습니다

안도감

오늘은 생각보다 일이 늦게 끝났다
예상치 못했지만 그러려니 받아들였다

일을 끝내고 나오는 길에
의외로 조용해서 신기했다

문득 오늘 아무 일도 없이
무사히 지나갔다는 안도감,
그리고 눈물이 흘러내렸다

그저 감정이 풍부해지는 밤
나는 하염없이 걸었다

포기

때로는 힘든 순간이 다가와서 포기하고
싶어지는 순간이 있다

그럴 때마다 어떡하면 좋을까

이 순간도 지나가겠지

이겨내야지

이 또한 지나가겠지

3.

어두운 밤에 전하는 이야기

반짝이는 별처럼

당신의 하루가 빛날 수 있기를

조금 덜 힘들고

조금 덜 지치는

하루가 되기를

– '반짝이는 별'에서

밤하늘에 별

밤하늘에 별이 아름답게
빛나고 있을 때

저는 당신의 활짝 웃는 모습이
보고 싶어요

물론 하늘을 바라보면 힘들어서
눈물이 나올 수도 있고
화를 낼 수도 있어요

하지만 하늘을 바라볼 때만이라도
당신이 활짝 웃었으면
좋겠어요

불 꺼진 호수

불 꺼진 호수
그 앞에 우두커니 서 있는 나

아무것도 보이지 않아

그저 까매진 바닥을 바라보니
비쳐진 무언가가 보인다.

내가 서 있는 곳은
가운데쯤

비쳐진 무언가는
가로 쳐진 불빛들
희미하게 빛나고 있지만
까매진 바닥보다는
밝고 어두운 불빛이었다.

반짝이는 별

반짝이는 별처럼
당신의 하루가 빛날 수 있기를

조금 덜 힘들고
조금 덜 지치는
하루가 되기를

그리고 하루를 잘 보내고

아프지 않고 건강한 모습으로
편히 잠들 수 있기를

오늘 하루 수고했어요

꿈

깜깜한 밤
꿈을 이루기 위해서
난 아무 것도 시작하지
못한 사람이다

내 눈에 오직 보이는 것은
빛 한 점 없는 깜깜한 밤

눈을 뜨고 있어도 눈앞이
보이지 않는다

시작하기도 힘든 갈 길 먼
내 꿈과 미래

누구라도 괜찮으니
울리는 종소리처럼
나를 인도해 줬으면 좋겠다

밤 거리

걸어가는
그 순간에
생각나는 건

저 멋진 별님처럼
빛날 수 있을까?

나는 그냥 이름만 별
인 것 같다

나도 저 하늘에 빛나고 있는
별이 되고 싶다

내 조그마한 바람이
바람을 타고
별님에게 전해지기를

4.

이어지고 전해지는 이야기

무엇이든 하고 있다면

그것은 멈춤이 아니다

- '멈춤'에서

마주침

누군가와 마주쳤다

안녕하세요 라는 말 한마디와
안녕하세요 라는 말이었다

그것은 인사의 말 한마디였다

마주침 그것은 시작과
마지막이었다

향

사뭇 다른 향에
두려운 '나'

익숙한 향에
빠져 버린 나는

다른 향에 멈칫해 버린다

틈

틈 사이로 보이는 빗줄기에
희미해진 시선

말없이 그저 보기만 했던
잠깐의 시간

그때만이라도
애써 잊어 본다

멈춤

멈춤이라는 단어가 떠오를 때

나 자신과 다른 점을

비교할 때가
있을 것이다

그때마다 나는 왜 멈춰 있고
뒤쳐져 있는지…

자책에 빠져 헤어나올 수 없다

하지만 괜찮다
멈추는 것 그것도
중요하게 필요한 거고

무엇이든 하고 있다면

그것은 멈춤이 아니다

눈물 1

한 방울
한 방울
이 모여 눈물이 된다

울컥한 그 순간

또르륵 흘러내려 버린
눈물을 닦아 보지만…

하염없이 내리는 눈물

난 언제까지 눈물 흘리고
있는 사람이 되어야 할까?

그러면서도 흠뻑 눈물을
흘리고 싶은 건 무엇을
뜻할까…?

어지러진 길가

어지러진 길가에 앉아
어느 시선에 멈춘다

왜 어지러진 길가였을까?

그것을 차곡차곡 정리하며
길가 시작과 끝을
걸어가는 건 어떨까?

그럼 어지러진 길가는 이제
어지러진 길가가 아니겠지

눈물 2

눈물이란 건 약한 사람만 흘릴 줄 알았다
한없이 약해진 모습에
한심하고 미워져서
울지 않겠다고 맹세했는데…

참을 수 없는 이 순간이
너무 싫다

울고 싶지 않은데
울어야지 끝낼 수 있을 것만
같아서…

이 밤이 싫다

부는 밤

바람이 몰아치게 부는 밤에

홀로

거리를 걸어가고 있다.

한없이

나아간 끝에
찾은 삶

삶을 포기하고 싶어진
그 순간부터

나는 애써 고개를 내저으면서
앞으로 또 한 걸음 나아간다

5.

그대에게 전하고 싶은 이야기

지금 하고 있는 생각과 걱정이
너를 성숙하게 만들 거야

그러니까
너무 힘들어하지 마

- '지금'에서

소중한 사람

살면서 행복하고 즐거운 나날보다
힘들고 아픈 일이 더 많은 게
삶인 것 같아요

오늘도 강한 척하면서 살고 있는
그대의 모습이 보이네요

저는 알아요
그대의 맘이 여려서,

울고 있는 그대가
가장 아름답고 소중한 사람
이라는 것도요

비로소

비가 오는 요즘
지난 상처들이 불현듯이 떠오른다

나에게 상처 줬던 사람들
삶을 살아가며 상처 받은 일들

떠올리면 떠올릴수록
밉고 원망스럽지만

괜찮다

비가 내리는 지금 이 순간이
비를 볼 수 있는 "나" 자신이라면

지금

지금 하고 있는 생각과 걱정이
너를 성숙하게 만들 거야

그러니까
너무 힘들어하지 마

발걸음

앞으로 향하는
발걸음은 항상
무섭고 떨리는 것 같아

그래서 그러는데
같이 한 걸음 나아
가 주지 않을래?

걱정

그대 모습이 어두워 보이네요

무슨 일 있었나요?

어디 아픈 건 아니죠?

걱정이네요 그대가 항상 힘내고 있는 거
알고 있는데
몰라 봐 주는 사람 때문에 속상하죠?

속상한 마음 알아요

제가 알아 줄게요

괜찮아요

절망이라는 늪

절망이라는 늪에 빠진 우리는
빛을 찾아 두리번거릴 수 없다

아무 것도 보이지 않은 어둠 속에서
무엇을 할 수 있을까?

그래도 다짐하면 할 수 있지 않을까?
두리번거리면 작은 빛 하나쯤은
찾을 수 있지 있을까?

우리 인생도 마찬가지이다.
내 눈에 비쳐진 것은 밤풍경이라서 보이지 않고
그래서 아무 것도 찾지 못하고 포기하고 좌절하지만…

그래도 빛을 찾아 나가는 그 모습이
그 무엇보다 빛나기 때문에
괜찮지 않을까?

떨어지는 잎

떨어지는 꽃잎
손바닥 위에 살며시 내려앉는다

조금이라도 더 이 순간을
간직하고 싶었던 것일까?

매년 피어나는 꽃잎이지만
꽃이 피는 그날만을 기다리는
우리들처럼

또 꽃 피는 날에 살며시 다가와 주기를…

마무리

밤이 된다는 것
하루가 마무리되는 것일까?

햇빛이 숨고 하늘엔
검은색 물감을
바른 것일까?

아무것도 보이지 않는 하늘에
안도의 한숨이 흘러나온다

숨을 깊게 내쉰 것도 아니었는데
마음은 차분해진다

잠깐 생각을 비우고 하늘을 바라봐서
그런 것일까?

바라보니 미처 보지 못했던

작은 별빛

빛나는 별빛에 슬쩍 웃음을 지어 본다

쓰담쓰담

오늘도 무언가를 열심히 하고 있는
그대의 모습이 보이네요

엄청 집중하고 있어서
말도 못 건네고 있는데

옆에 다른 사람이 와서
"너 못하잖아"
"넌 능력이 없어"

이런 말만 남기고
그대를 속상하게 하네요

그 사람들은
당신의 반짝이는 것을 못 봐서 그래요

이렇게 반짝이는데

그걸 못 보는 사람

말 믿지 마요

내가 당신의 반짝이는 모습 봐 줄게요

그리고 오늘도 잘했어요 쓰담쓰담

상처

누군가 당신에게
상처를 줬나요?

마음속 응어리가
가득 찰 만큼
힘들었나요?

참 나쁜 사람들이에요

누구보다 소중한
당신에게 상처 주다니요

많이 힘들었죠?

미안해요
곁에서 위로해 주지 못해서

당신이 받은 상처 내가 다 보듬어 줄게요

"토닥토닥"

6.

나의 이야기 '멈춤'

삶이란 인연이 맺어지고

이어지는 것

– '삶이란'에서

삶이란

삶이란 인연이 맺어지고
이어지는 것

그 인연이 이어지고
끊어지는 그 순간

우리 인연은
그것이 마지막이라는 것

다시 그 인연이
맺은 그 순간까지
기다리는 것

그것이 내게 삶이라는 것

문틈

문틈 사이로 빛나는 빛
저 문을 나가면 밝은 빛이 보이는
문일까?

작게 틈 사이로 빛나고 있었는데
어느 샌가 사라져 버렸네…

그저 바라보고 있어서 사라진 것일까?

문틈 사이로 빛나고 있을 때
저 문을 열었어야 했을까?

우울

우울이라는 길가에 앉아 버린
나 자신이

오늘도 일어나려고
안간힘을 쓴다

쓰다 보니 지쳐
지친 발걸음으로
애써 가 보지만

큰 우울이라는 우물에 빠져
헤어나올 수 없다

걸은 이 길이

내가 걸은 이 길이 맞은 것일까?

불안한 생각에 망설이다 뒤로 한 걸음 가 버린다

멈춰 버린 것일까? 하지만 그것은 잠깐의 무서움일 뿐이다

빨리 가다 보면 잊어버리는 것이 많다

소소했던 시간들 지나가 버린 풍경들도

잊혀 가는 걸까? 잊힌 걸까?

모르겠다 그저 처음 보는 모습들에

당황하고 두려웠다

사실은 항상 갔던 길인데 조금의 빛이

더 보였기 때문에…

그때는 아무것도 보이지 않았던,

풍경에 색을 입혔을 뿐이니까

너무 무서워하지 않았으면 한다

그림자

걸어가는 사람의 모습이 보인다
그저 그림자만 보이지만 내 눈에는
그 사람의 모습이 생생히 보인다
우연히 지나가는 별빛 아래 그림자만
따라서 천천히 걸어가고 있다
얼마쯤 갔을까? 모르겠다
그때 반짝 빛나는 불빛에
눈을 감아 버렸다
그림자가 어디로 갔을까?
따라갔던 내 모습이 보였던 걸까?
그림자는 숨어 버렸다

불빛 아래

하나둘씩 꺼지는 불빛 아래
혼자 벤치에 앉아
별과 달을 바라보고 있다

꺼져 가는 불빛 속에
혼자 하늘을 바라보며
난 여기서 무엇을 하고 있는 걸까

사라져 가는 불빛 속에
우두커니 서서

누군가의 그림자만 지나가기를
빌며 그곳을 바라본다

무엇을

빨리 끝났으면 좋겠다

무엇을

아니 어떤 것을

과연 끝이 있을까?

불완전한 생각들이
내 머릿속을 뒤집는다

무엇을 위해 앞으로
나아가고 있는 걸까?

무엇을 할 수 있고
그것은 끝이 있는 걸까?

그저 불완전한 생각에

잠시 멈추는 시간이었다

침묵

오늘 내게 들리는 건
빗소리 바람소리

그 외는

아무 소리도 들리지 않는다

그저 나는 아무 소리도
듣고 싶지 않기 때문이다

얹음

물가에 살짝 얹혀 있는
잎 한 장

스르륵 물기를 타고
내려가는 잎 한 장

같이 가자고
그 잎에 얹은
물 한 방울

살짝 얹어 버린
조그마한 감정도

스르륵 물기를 타고
스르륵 내려간다

7.

삶의 경험을 전하는 이야기

너무 빠른 걸음이 아니어도 괜찮아

느린 걸음이라도

한 걸음 나아갈 수 있으니까

– '빠른 걸음' 중에서

감정

조금씩 조금씩 감정이
마음속에 새겨든다

억울함, 우울, 슬픈, 역함,

좋았던 감정은
어디로 가 버린걸까…

그저 울고 싶은데
울 수가 없는 이 밤이 싫다…

부품

100이 될 수 없는 99
삶은 100% 완벽하게 살아갈 수는 없다

누군가는 실수하고
말함으로써 벌어지는 행동

그렇지만 우린 99가 돼도 괜찮다

1점 모자란 우리가 되어서
이룰 수 있는 것이 있을 것이다

그것은 곧 감정
경험이 될 것이다

극히

어둠이 내렸던 그곳에
앉아 밤새도록 그곳을 바라본다

하늘에 눈이 내리는 것처럼
어둠도 내리는 것이 아닐까?

눈앞에 보이는 건
어둠에 갇힌
내 모습이라고,

비치는 건 그저 깜깜한 밤

슬쩍 보이는 강물에도 역시나
어둠밖에 보이지 않았다고
이야기하는 것일까?

전체의 일부분밖에 보이지 않았다고

확신할 수 있어서

반의반 내 모습이 보였다는 건
극히 일부분이었다는 걸

앞으로 한 걸음 나아가는 그 순간이
어둠밖에 보이지 않았다고
말할 수 있어서 여전히 같은 자리

친절함

누군가 나에게 다가와
길을 물어봤다

같은 길은 아니었지만
나는 그 길을 알고 있었다

그 길은 가지 않았으면 하는 곳이었다

나는 그 길을 물어본 사람에게
알려줘야 하는 것일까…

잠깐 고민하는 사이에
그 사람은 사라져 버렸고

나만 홀로 남아 있었다

귀찮음

사는 것이 귀찮고
아무것도 하고 싶지 않을 때가 있다

그럴 때마다

'그냥 강물에
물고기가 자연스럽게
헤엄치는 것처럼'

지나갔으면 좋을 텐데

왜 그럴 수가 없을까…

이미 지쳐 있는 '나' 자신인데…

무책임

불현듯이 찾아오는 우울
한없이 무책임한 나 자신

빠른 걸음으로 가 버렸던
과거의 내 모습

너무 지쳤던 내 모습

잊어 보려고 한없이 움직여 본다

서글픔

서글프게 울고 있는
한 사람

그에게 다가가
무슨 일 있었나요?

물었지만
돌아오는 건 하염없이 눈물만
흐르고 있는 그

왜 울고 있는지 모르지만
난 그저 옆에서 토닥토닥
해 줄 수밖에 없었다

별빛

작게 빛나고 있을 때
몰랐던
무서움과 두려움

점점 시간이 지날수록 멀어지는
도착지

한 걸음 무서워서 벌벌 떠는
나 자신

작게 빛나고 있던 나는
큰 별빛을 향해 걸어간다

바람

몰아쳐 내리는 바람에
휘청거리지만…

그런데도 하늘은 예쁘구나

몰아쳐 내리는 바람에
좌절하고 포기하지만…

저 앞에 보이는 꽃 한 송이
휘날리는 걸 보니

앞으로 갈 수밖에 없구나

몰아쳐 내리는 바람에
잠시 큰 나무 아래
쉬어가자꾸나

장소

어렸을 때부터 좋아하던 장소가 있었다

유일하게 나만 좋아하던 장소는 아니었지만
그곳에 가면 힐링이 되고 답답했던 마음이
뻥 뚫릴 정도로 시원해지는 곳이었다

조용하게 흐르는 물줄기에 조용히 울고 있는
내 모습이 떠올랐다

또 가득 담겨 있는 물을 보면 울고 싶어도
울지 못했던 내 모습이 떠올랐다

또 주변에 있는 나무들이 바람을 타고 흔들릴 때는
내가 힘들어서 멈추는 내 모습이 떠올랐다

지금 읽고 있는 당신은 '장소' 하면 뭐가 떠오르시나요?

따뜻한 카페라테

오늘 하루도 힘들고 지친 하루였지만
참고 견뎌 낸 당신께

오늘 하루도 수고하셨습니다 라는 말과
함께 따뜻한 카페라테 한잔

따뜻하고 달콤한 맛에

오늘 하루의 피곤함이 풀리시기를…

삶의 무거움

자신이 원하는 일을 찾아
나아가는 것이 무섭고
두려울 때가 있습니다

또 앞으로 나아가기에는
막막하고

또 뒤돌아가기에는
후회의 시간만
보낼 것 같아서
뒤돌아볼 수도 없습니다

오직 머릿속에는 어떡하지
어떡해야 좋을까?
점점 머릿속은 하얗게 됩니다

그래도 부딪히고 뚫고

나아가야지

힘들다는 말

마음이 답답하고
그저 주저앉고 싶은
마음만 들 때

눈앞이 깜깜해지고
밤 풍경을 바라보듯
아무것도 보이지 않은 눈

세상이 조용해지는 듯
소리가 차단된 것처럼
아무것도 들리지 않은 귀

마지막이라는 끝을 보듯이
심장이 멈춰 버린 것처럼
몸이 움직이지 않는다

익숙해진

익숙해진 생활
익숙해진 나날들

생각만 해도 행복했던
추억들과 시간이

행복을 저장하는 내 기억 속에
점점 잊혀 간다

익숙해진 삶 속에서

다시

오늘 하루가 절망적이고
너무 힘든 하루였다면

삶이 고단하다고 생각한다

자신이 선택한 것에 대한
책임감

원하지 않았던 선택…

돌릴 수 없는 이 시간

다시 시작할 수 있으면 좋겠지만
그럴 수 없는 현실에…

내일은 조금 더 나은 하루가 되길 빌어 본다

마지막이라는 선물

살아오면서 살고 싶었다는 생각을 한 적이 있었을까?

삶이 주는 시련 아픔 모두 나에게만 오는 것 같아서

억울하지는 않았을까?

힘이 들어 쓰러지고 싶고 멈추고 싶었던 때가 있었을 텐데

그것을 알아 주지 못했던 것 같다

단지… 울고 싶었을지도 모른다…

혼자 이겨내야 하는 것이 너무 많아서

벅차고 숨이 턱 막혔을거다

더 이상 살고 싶지 않았던 것이다

그저 단지 이 아픔을 느끼고 싶지 않았던 것이었는데

문득 그 생각이 들었다

만남은 인연이 되고 때로는 이별이 된다

이별에서 오는 그… 아픔은 얼마나 아플까,

얼마나 울고 싶었을까?

그 마음을 숨기고 있었던 건 아니었을까?

내가 그 이별을 앞당기고 있었던 걸까?

내가 사라지면 다 잘될 줄 알았다

나 같은 건… 아무 존재 없이 살아가야 할 존재니까,

하지만 내 곁에 한 사람 한 사람 다가올수록

무섭고 도망치고 싶을 때가 많았다

내가… 사라지면 그 사람들은… 울고 있지는 않을까?

힘들어하고 있지는 않을까?

그 사람들에게 마지막을 선물해 주고 싶었던 것일까?

아프지 않았으면 좋겠는데

또 울지 않았으면 좋겠는데…

너무 큰 걸 바라는 것일까…

내가 그 순간을 앞당기지 않기를

그 사람들에게 마지막이라는 선물을 주지 않기를

내가 사라지게 되도 그 사람들이 그 인연을 기억해 주며…

이어지기를

수많은 바람이지만… 가장 바라는 건

아프지 않았으면 좋겠다

불현듯이

불현듯이 빛나는
저곳을 바라보니

물에 비친 내 모습이
보이는구나

자신이 어떻게 생각하는가에 따라
달리 보이는 저곳이

물에 비친 풍경 한 편이었다

빈 종이

빈 종이에 무엇을 적을까?

흰 종이에 아무것도 적혀 있지 않고
그저 연필만 놓여 있다

스삭스삭, 그 종이에 글자를 적는 소리
가 울려퍼진다

사각사각, 그 외에 소음은 들리지 않는다

무엇을 적을까? 이리저리 고민하며
글자를 적어 본다

스삭스삭, 빈 종이에 글자를 적는
소리만 들려온다

빠른 걸음

너무 빠른 걸음이 아니어도 괜찮아
느린 걸음이라도
한 걸음 나아갈 수 있으니까

괜찮아

너무 먼 거리여서
앞이 보이지 않아서

불안하고
더 빠른 걸음으로
가고 싶지만

지금은 한 걸음 나아갈 수
있는 것에 감사하자

에필로그

'고생 많았어요.'라는 저의 글로 끝맺음을 짓고 싶어요.
오늘도 힘들고 지친 나날들을 보내셨나요?
아프고 힘든 나날들이었죠? 오늘 하루도요….
이 글을 읽고 어떤 감정이 드는지
물어봐도 될까요?

음… 어떤 감정이어도 괜찮아요.
다들 아프고 힘든 나날들을 보내고 있으니까요.
이 힘든 마음이 이 '고생 많았어요.'라는 글귀로
조금이라도 풀렸으면 좋겠어요.

누구나 힘들고 지치면
포기하고 싶은 순간이 올 텐데

그것을 이겨내고
버텨내느라
정말 고생 많았어요.

'고생 많았어요.'

2015. 12. 31. 씀